韵海弄潮

陈洪法诗词集

联书店

溇田村

崇明東灘濕地

传承 创新 发展
洪法诗词全国研讨会
主办单位：中国诗词月刊　上海诗词协会
承办单位：上海市地矿工

春风拂面问飞鸟

——序陈洪法诗词集

赵丽宏

中国的古典诗词，是中国人智慧和情感的结晶，也是汉字的光荣。能用这么简洁凝练的文字，展现天地人间的浩瀚气象，表达人心中千变万化的情绪，这是文学的奇观。一首五绝，才二十个字，一首七绝，才二十八个字，优秀的诗人却可以用这二十几个字编织出无限美妙的景象，抒发博大深沉的情感。背诵过一点古典诗词的中国人，都可以引经据典，从三千多年前的《诗经》，到唐诗宋词元曲，有多少脍炙人口的杰作千百年来被人传诵，那些美妙的文字生生不息，没有任何力量能湮没割断它们强大的生命力。中国的古典诗词，是最可以让中国人引以为骄傲的。如果把人类的优秀文学作品比作一个珍宝库，那么，中国的古典诗词，就是这宝库中的钻石极品。

二十世纪初，中国的新一代文人发起文学革新，以白话取代古文，新文学运动风起云涌，成为那个时代的新潮和时尚。曾经有人预言，中国的旧体诗，已经走到尽头，此后的诗坛，应是白话新诗的天下。一百年过去，这样的预言并没有在现实中被兑现。最近这一百年，世代变迁，万象更新，科技的发展让人眼花缭乱，人类的生活方式发生了巨大的变化。然而文学还是依照它的规律在人间繁衍。新生的白话诗和有着三千多年历史的古体诗词抗衡了一百年，前者并没有把后者消灭，也没有取而代之。当今的中国人，读古诗，背古诗，朗诵古诗，几乎是全民的行为，从牙牙学语的童稚幼儿，到七老八十的耄耋老人，大家都在诵读古诗。李白杜甫苏东坡的影响，在中国大过任何一位现代诗人。当代的中国诗人，也没有抛弃古人的诗韵，还有数不清的人在写古体诗。古典诗词的生命力，不仅体现在经典的诗词被广泛诵读，也表现在古体诗词的写作方兴未艾。我的文友中，就有几位热衷旧体诗词写作，而且成就斐然。陈洪法先生便是其中一位。

陈洪法先生和我是同乡，他是一位成功的创业者，然而更令他梦魂牵绕、呕心沥血的，是古体诗的写作。他从小喜欢读古诗，记忆中难以磨灭的唐诗宋词，成为他精神的一部分。成年之后，他开始写作旧体诗，在写作中得到快乐，成为他生活中的一种精神动力。我认识他，是因为他写的诗。他喜欢收藏奇石，家中荟集了大量奇石，让人惊叹的是，他居然为每一块自己的喜欢的奇石创作了旧体诗。上海的《新闻晨报》《解放日报》，曾经上百期连载他咏石古诗词，奇石图片和他的旧体诗相互映照，图文并茂，得到很多读者的赞赏。他写旧体诗，不卖弄噱头，故作高深，而是用古人创造的形式，写他熟悉的日常生活，抒发他的真情实感。他的诗并不受严谨格律束缚，而是率性而作，平实质朴的文字，贴近生活的情境，使他的古体诗有了时代的新意。他在诗中回溯往昔，那些艰困的日子，在诗中化为一声含笑的叹息，如《破屋有栖》："嫦娥天眼望，夜半探情郎。疑是东方晓，窗前铺满霜。"离乡创业，他也常有游子思乡的惆怅，如《重阳得句》:“薄雾压山沟，霜煎小草头。流星回故地，似箭射乡愁。”虽然身居都市，但他怀念乡村的生活，诗中写过年的情景，是不同时代中的相似的记忆:“除夕无眠夜，烟花喜气扬。邻村招女婿，隔壁嫁姑娘。一顿团圆饭，三堂话语长。儿孙欢聚里，老子拥三堂。”乡村的天籁和人情，被他用朴素的文字写得生动有趣，如《扫雪》:“雪压荒山满地封，风弯老树两头弓。村姑扫起三春雪，舞动花裙日出东。”人间亲情是他诗词写作的重要主题，他多次在诗中写自己的母亲，如《祭母》:“烛映灵台冷雨飞，萱堂从此聚无机，悲中涕泪呼慈母，膝下儿孙裹孝衣。十里亲常伸挚手，八方邻每助温饥。怀恩德里心尤碎，泣抚香棺灵送归。”丧母的悲情，在他的诗中表达得声泪俱下，是率真之作。他也用诗句展现自己的胸怀襟抱，表达他的人生理念，譬如《渡舟》:“雪片霜花沾上头，风刀日剑额前游。坦然生死当河岸，来去轻松一渡舟。”再如《做人》:“锋芒毕露显才能，退让原因重友朋。正负相当知正义，同将美玉串成绳。”这类诗，最忌端架子好为人师，而陈洪法的诗作将理念隐藏在意象中，别具一格。

天下热衷写诗的人，怀着不同的目标，有人以诗抒情明志，有人以诗斗智炫才，有人以诗为文字游戏，娱乐而已。陈洪法沉醉于旧体诗的写作，为的是抒发来自生活的感受。他把写诗当做了一种生活方式，从中得到的乐趣，旁人难以想象，但读者可以从他的诗作中感受他的沉醉和愉悦。诗歌给他的回报，并不是虚名浮利，而是诗意盎然的人生情趣，是超然脱俗的精神境界。面对着周围的自然，即便是几声鸟鸣，也能撩动他的诗兴，他能在诗中和鸟对话。且看《点绛唇·人鸟问答》："掀起窗帘，静观树上啾啾叫，问询鸣鸟，怎把清晨搅？浩荡春风，更比君行早。勤劳好，万千芳草，一夜开多少？"人鸟对话的奇迹，只有在诗人的生活中才可能发生吧。

读洪法先生即将付梓的诗集，有了上述感想，写下来，为读者作一个简短引导，也为朋友留一个友谊的纪念。

己亥春月于"四步斋"

目录

上卷　赋情篇

词　卷

七　律

七　绝

五　律

五　绝

长　律

下卷 咏物篇

词 卷

七　律

七　绝

五　律

五　绝

古　绝

上卷 赋情篇

长相思·酬志

春水愁，夏水愁。
辗转何时入海舟？路遥已近秋。
今无休，明无休。
拼搏人生志在酬，征篷不可收！

蝶恋花·恋人

柳浪闻莺初梦绕，石破天惊，总是牵情早。携手黄昏星月悄，美颜似玉嫣然笑。

心到沸腾相拥抱，妙语如珠，千句还嫌少。海誓山盟词可造，独求白首鸳鸯好。

浪淘沙·司马相如与卓文君

一曲凤求凰，扯断柔肠。愁风掠起水茫茫。缱绻莫如公主泪，洒向何方？

暖酒抗炎凉，义重情长。时来惦念旧衣郎。凄楚白头吟里唤，可记糟糠？

长相思·车祸

山也悽，海也悽。
风卷残云一瞬时，离魂急赴西。
天可知，地可知。
几犬堂前啃死尸，聪明戏白痴。

水调歌头·回乡

小岛驻东海，遍地舞青纱。泛舟摇出涛歌，绿水映红霞。遥忆童年村陌，辨认新楼旧址，牛马变轿车。走过小河岸，鹅鸭叫呱呱。

放风筝，斗蟋蟀，钓鱼虾。拉衣辫扮新娘，携手扔泥巴。中弹娇声呼痛，眉眼甜窝挂泪。笑逗把丫夸，昔日朦胧影，伴我闯天涯。

河传·花样红

披露，晨步，风随数度，跑来南浦。漫天星斗隐寒宫，柳松，送迎晨练翁。

万楼盛世潮中起，近栏倚，窈窕芳华美。对轻风，行路匆。笑中，绽开花样红。

画堂春·辞岁

迎新辞旧正梅香，烟花闪亮登场。
行人笑脸喜洋洋，一路金光。
旭日升平四海，惠风家国安康。
风尘儿女再繁忙，必孝爹娘！

醉花阴·重阳思母

菊到香飘归桂子，月影西楼视。九日是重阳，思母心情，江水愁中起。

频频猛吸清凉气，忽觉家乡味。凝目望长空，询问流星，可寄儿心思。

菩萨蛮·雯儿惜别母校

欲离难舍心微妙，相依情结何时了。
树绿谢春风，水深藏卧龙。
校园新塑史，苗壮园丁喜。
何以别恩师？献花三五枝。

菩萨蛮·牵情

从来好事如遮雾，费完周折方成侣。
今夜小窗推，月光身上衣。
温情柔似玉，快意吟心曲。
共我杜鹃欢，同吟菩萨蛮。

卜算子·梅雨

纵使女娲来，天漏难填补。
厚厚乌云黑幕遮，水淹青苗树路。
梅季总无休，魂断长霪路?
安得苍天解我心，月月三场雨。

木兰花·怜梅

步出小村迎旭日，犹见百花争艳色。
春气袭，独梅悲，一树苦怜风寂寂。
少女绕林追小鸟，红帽紫衣人窈窕。
弯腰捡起落枝花，双手叠加怀里抱。

伤春怨·记童年崇明东滩雨后水灾

暴泻连天雨，万线千丝针注。
白浪涌翻天，一叶飞舟横渡。
筑堤人墙堵，淹死沙滩树。
退水捉鱼虾，湿野地，烟熏煮。

更漏子・祭父

一支香，双泪注，曲腿灵前跪苦。
银火抖，纸灰扬，浓烟绕祭场。
东边雨，西方雾，满眼愁云视阻。
鹃啼血，泣声愁，寒枝覆白头。

酒泉子・醉心

罗带解松，忠洁爱情坚志。
海山平，天地誓，死生同。
牡丹摇落谢春风，甜酒醉心亲吻。
忘开灯，疯一阵，落英红。

暗香·红日

少年启迪，岂止难忘我，江边投石。静水跳珠，激荡波涛莫消极。回顾陈年旧事，挑野草，和羊争食。破屋里，洞壁偷光，兄妹正驰笔。

天黑，夜寂寂。早起出五更，大气吹出。与风合力，驱散乌云接红日。何惧冰霜彻骨，熬体魄，修成功绩。屈指数，花朵朵，盛开了得。

昭君怨·归隐

美丽鲜花开爆，丑陋疯婆乱搅。
昨夜又狂风，避深宫。
蜂蝶枝头报信，无数落英归隐。
不忍看凄凉，痛穿肠。

一剪梅·人勤春早

久耐严寒春盼融，旭日乾坤，映照彤红。衣襟解得正微凉，后宅前村，早起耕农。

勤奋辛劳不误工，一曲晨歌，满面春风。谁知信息露锋芒，叶茂枝头，汗沥田丰。

沁园春·上海长江大桥

横跨东西，直上云霄，万里畅通。望长江两岸，青纱起伏，烟波浩渺，逐浪排空。电焊工人，吞云吐雾，敢上蓝天架彩虹。无闲等，看车船鸟景，滚入潮中。

春风爆绿开红，引各路游人摄影踪。叹李仙杜圣，天堂歌赋，东坡安石，地府吟风。当代名家，销声隐迹，难觅知音唱颂同。传青史，咏江山壮丽，唯我神翁。

江城子·盼红

多年与我苦甘同，脱贫穷，食衣丰。晴天霹雳，酷暑起悲风，枝断叶飞花落去，思往昔，怅时空。

亦生亦死梦游中，看苍穹，月朦胧。银河两岸，隔绝两情浓。谁识凄凉孤雁苦？深夜里，忽摇红。

蝶恋花·中秋赏月

晴朗夜空光最美，皓月当空，独向银河驶。煮酒吴刚多醉意，嫦娥眉眼柔如水。

光怪陆离歌舞起，月饼香甜，品得团圆味。大把银元堆满地，人间胜却天堂里。

御街行·盼夫

连绵起伏寒中草，夜露逼，尘烟绕。垂帘时见角门开，倾听柴棚鸡叫。年年除夕，痴情难改，凝目行人道。

床头对镜新衣套，白发捡，朱颜调。伯牙弹曲报知音，今为何人梳俏？丝丝刘海，挡纹遮额，修饰姿容老。

鹊桥仙·爱妻逝世一周年

残阳泣血，焦枝滴泪，任是眸光憔悴。撕风沥雨几曾摧，却只是，悲哀无际。

清风叹息，思随梦碎，剩有凄凉滋味。乌鸦叫屈唤谁归？这阵痛，安能遏止。

满江红·纪念中国人民抗日战争胜利七十周年

日寇横行，奔驰急，谁来救世？天地怒，国难家劫，卧龙醒起。万里疆场灵与肉，八年收复山和水。抬头望，热血铸东方，云霞美。

七十载，天下治，千万业，英雄史。索东洋渔岛，雪南疆耻，锦绣江山添港澳，清除腐败廉新纪。屈指数，还得看今朝，中华喜。

自度曲·诉心事

当年闯荡逐波流，何曾怕白头。
搏出长空丽日，身心急接力。
天地逼，光阴急，夕阳酬。
荏苒已逢秋，飞云游，落雁愁。

眼儿媚·有思

烟雾迷蒙织温柔，好梦故乡游。
曾经少女，依稀记取，眉目含羞。
悠悠岁月难回首，往事脑中浮。
相思厚载，帆船尾上，起伏飞鸥。

夜游宫·品味人生

世界纷华万态，白帆挂，鼓风张势。
坠入江湖浪凶畏，
挽洪流，战黄昏，情不止。
仰望蓝天里，日弦拨，月光梳理。
一曲高歌唱到底，
苦谁知，伴辛酸，参辣味。

忆秦娥·愁消香吻

寒夜紧，路旁孤影悲难忍。
悲难忍，三更时候，竟余伤恨。
愁云抹去天光近，桃花艳处红尘运。
红尘运，谢天赐也，泪消香吻。

千年调·嘱商

生意恰谈时，言出诚心到。约会凌晨出鸟，更比鸡早。枝头不老，喜鹊逢人叫。天下事，莫强求，凭运道。

饮茶使酒，海大风声小。决不和声附势，滥用高调。看天成否？努力艰辛造。闯商海，得双赢，哥俩好。

石州慢·夜航

电闪雷鸣，天泻雨时，春意强势。风平缆解长舟，勇气艰辛无畏，白帆张鼓，点亮一盏心灯，任随坎坷人休退。险恶浪波前，解情清闲里。

人似。风中衰草，海上迷鸥，体经悲喜。还问经年，耿耿忠心谁记？但期今后，对酒莫织新愁，东家不管西家事，忘倦只吟诗，擦干忧伤泪。

凤凰台上忆吹箫·恋思

人去楼空，梦中留迹，别来无意梳妆。不见南飞雁，日夜空望。回顾陈年旧事，妆店里，赞美新娘。人消瘦，非关痛病，百转情肠。

长江。直通大海。园里旧梧桐，滴泪思量。念北方天冷，应记加裳。犹似长空明月，遥夜里，孤寂凝望，流云意，思情寄来，觉影成双。

念奴娇·围堤开河

北江南海，引流水、千里长河游历。暴雨狂风，呼啸过、人体围堤密实。滚石投泥，汹涛怒浪，陡岸中间隔。荒田茅草，掘坑堆土围壁。

曾是围垦当年，挥锹挑重担，伤筋疼脊。觅宝寻珠，人帅矣、挥笔吟诗留忆，揽得春光，沧桑无奈我，有谁知悉？身心劳累，已存多少余力？

洞仙歌·东方雄狮

中华故土，梦醒千年觉，斗转江山过缥缈。路茫茫、承受多少煎熬？迷雾里，直到雄鸡唱晓。

看枝头鸟乐，问候勤劳，露脸阳光促耕早。盛世崛雄狮，跃起东方，挥利剑、斩魔擒盗。盼天下炎黄子孙齐，振兴大中华，畅情欢笑。

千秋岁·归鹤

日红云薄，潮自滩头落。金羽翅，任凭跃。情依杨柳树，风雨辛勤搏。非负过，浪中闯荡无闲着。

望见西山角，堪惜归窝鹤。天向晚，人回阁。夕阳如揽住，便是长生乐。千百岁，此生寄宿南山郭。

蓦山溪·咏马

扬尘千里，驰骋随人意。杨柳作丝鞭，任狂奔，豺狼惊退。晓迎霞彩，鲜草作粗餐。风速起，程不累，借得雄鹰翅。

神奇故事，每说西游记。忠义岳家军，抗金兵，沙场神骑。昔年豪杰，华夏战功标，天可泣，歌颂义，铁血余青史。

风入松·游西湖

流连景色伴金秋，片叶浪中浮。闻歌情对苍天视，寻蝉影，边醉边游。斜日摇红游客，湖中一踏青洲。

离情倏忽使人忧，回步跨新愁。秋来几夜寒霜降，莫看白，枫叶含羞，料定时迁还绿，波涛继续风流。

丑奴儿近·风雨游笔

狂风一阵，暴雨突然来袭。绿柳起蓬头，慌鸟乱投迷失。江河风大，颠覆水里莫翻船。可怜鱼鸟悲哀，留在浪里被击。

云裂午时，花明树净，蜜蜂迎日。寂静波涛，又见鸟儿寻食。唯有懒鸡，躲在棚里仍未出。地球旋转，构诗写意，任意游笔。

钗头凤·福缘

牵情雾，连藤树，枕边姿色经风雨。
观音庙，慈悲祷，佛缘光普，百年花好。
妙！妙！妙！

金哥主，银姑助，大胸如海将船渡。
南山道，飞来鸟，唤声墙院，与天同老。
笑！笑！笑！

育 婴

怅然方遇残秋雨，路畔谁人竟弃婴。
襁褓啼声心欲碎，蹒跚步履路难行。
寒中无助娇肢颤，泪里能知爱意诚。
信是两缘今世聚，咿呀学舌胜亲情。

海 殇

霜鬓风烛泣残阳，海自无边感自伤。
恶浪惊魂无搏力，危帆覆水不归航。
愁伤塞胃悲飞泪，噩息揪心痛断肠。
颤手携孙何处去，衰翁仰首问穹苍。

野　花

路畔河边野草花，风前佻巧媚姿斜。
有情有意三更见，无色无声六魄麻。
採撷忘归星月坠，飘摇欲醉绿红遮。
幽香纵向残枝退，梦到秋深可记家。

寄友人

忽见窗前一缕愁，天时已过晚霞收。
冰轮总转新残月，海运分航远近舟。
频试金樽空对友，常扶银角若思谋。
遥看孤燕随云去，系上诗篇遍地游。

亡妻车祸遥祭

滚地车轮成杀手，无情灭顶血飞扬。
黄泉路上侬行急，白幛屏前我恸伤。
比翼时曾同织梦，持家日久总牵肠。
羁魂登上飘摇去，感应生时正望乡。

清明扫墓

沿途不觉菜花香，缓步悲哀欲断肠。
人自焚香通感应，光随点烛照阴阳。
纸钱燃起熊熊火，泣雨垂来滴滴伤。
咫尺原来遥两界，鲜花歆在墓碑旁。

酒朋钓友

浩荡春风气色扬，阳光牵线柳丝长。
相逢好友掏心话，醉到残宵笑语狂。
两付竹竿同起钓，一张面饼共分尝。
垂纶涌动流波意，鲜活鱼儿进酒肠。

梦 影

扁担横空晃柳腰，西行月亮两星挑。
金鸡呼唤农夫出，银杏含珠绿叶摇。
漫步追踪循小道，思情览景度长宵。
清晨红日窗前照，枕上幽魂美梦邀。

别　恋

问君一去何时返，三月春风接晚秋。
入眼灰沙千滴泪，浮波莲叶几经愁。
驾云鸿雁捎书信，落水芙蓉过木舟。
酒醉船台思不乱，眼前浪语又奔流。

情定红楼阁

晚霞西隐轻烟绕，歇翅如云几对鸥。
岁月未曾随客去，时间却是为伊留。
桂枝点饰红楼阁，燕雀回归绿树头。
明月投身情海里，偷光一刻定千秋。

高山酒客

浪击高空飞鸟惊，盘山绕水进边城。
时蔬入碗人人到，鱼肉穿肠口口迎。
千里闻香趋美食，八方游客乐行程。
挣钱休说凭天运，把握良机才会赢。

勘探之歌

夜枕沙丘视野宽，星光斑烂月光残。
情投草石愁滋味，口咽霜风乐佐餐。
鸟兽惊魂人不歇，蛇虫惹梦夜难安。
地层深处淘金宝，莫问艰辛辣与酸。

马年除夕夜

吐故迎春除旧岁，羊头马尾续新年。
八方大院烟花爆，四面长街锣鼓传。
万里征程奔好景，千秋业绩盼源泉。
风尘儿女回家聚，拜佛求神敬祖先。

退休奉母

滔滔江水绕乡瀛，一叶孤舟一路程。
昨日依稀行百里，今晨估摸起三更。
异乡天冷违心意，故土风柔恋母情。
已解征衣当孝道，且闻恩语应声声。

高嫁女

邻家有女不寻常，遍托良媒选富商。
善用倩姿招美婿，未曾谋面引情郎。
逢人便赞心灵巧，遇事且夸能力强。
赖以园丁花护紧，金钱捞足害姑娘。

为小女喝彩

晚来生得偏怜女，失母伤悲心不灰。
当面温言安父痛，背身冷泪默娘哀。
鹃啼已碎娇儿梦，雪化尤开铁骨梅。
昨日领回优学奖，今朝又得爱心杯。

知 己

美酒知心痛灌肠，何关世态有炎凉。
相逢总恨逢时短，分别常愁别日长。
海水枯干鱼待毙，山花凋落蝶将亡。
交情彼此真君子，两肋插刀情不伤。

祭 母

烛映灵台冷雨飞，萱堂从此聚无机。
悲中涕泪呼慈母，膝下儿孙裹孝衣。
十里亲常伸挚手，八方邻每助温饥。
怀恩德里心尤碎，泣抚香棺灵送归。

闲观路边卜卦算命有感

任凭墨镜可遮阳，
巧语如簧说短长。
算卦他人明诡谲，
求签自命暗心伤。

清明扫墓偶听农妇哭母

春风细雨嫩芽催，
气暖生灵逐渐回。
草木枯枝天哭活，
何时慈母返家来？

勘察先行

盛世如荼建小康，
当知矿石用千方。
山间宝藏天涯觅，
勘察先行到处忙。

神勘之吟

云峰饱览塔冲天，
豪取潜龙谷底泉。
沉矿如山经妙手，
淘来巨宝满车船。

端阳怀屈原

屈子遗风载世多，
潇湘旧境有哀歌。
龙舟竞发千年后，
应是骚魂悔汨罗。

夜　思

薄云掩去美娇娘，
落枕忧愁泪断肠。
梦醒三更天出月，
银光再拥夜思郎。

斥盗车贼

旁窥野贼隐人潮，
下手从来有绝招。
昼夜寻机轻易窃，
赃车一驾任逍遥。

弈棋有感

忍辱偷生善弈棋，
残中胜局未知谁。
功亏一篑休言败，
信有东山再起时。

园　丁

岛上青藤结满瓜，
丰收果子压枝斜。
此生不种摇钱树，
只在田园作护花。

姮　娥

月亮含羞像小丫，
逗人可爱隔窗纱。
三更时候人间静，
一袭银衣铺我家。

问 讯

陌路弓桥两岸烟，
迷途问讯到河边。
流波依旧轻轻过，
唯有春风指向前。

做 人

锋芒必露显才能，
退让原因重友朋。
正负相当知正义，
同将美玉串成绳。

戏 姑

朱砂调好下西楼，
满院春光不再愁。
头上青丝频滴露，
成群蝴蝶戏花头。

亡母之夜先父托梦

月光照遍古坟台，
绿色精灵墓上栽。
先父梦魂惊叹问，
母亲此去可西来？

新婚鸟

金鸥一对显神灵，
出箭飞山入洞庭。
晨霭犹闻枝上报，
红河夜淹小凉亭。

逆　袭

金杯伴月正西斜，
小巷花深别有家。
官胖不知民国瘦，
习风必阻逆流沙。

变幻人生

当年落漠布衣围，
骨瘦如柴陌地飞。
四十征程穿锦服，
晨跑一路减身肥。

劝　爱

相思过了太悲情，
恨得心伤事不成。
自缚春蚕留一息，
缘来再度续新生。

狂　夫

独立长空书巨篇，
高山添绿海增泉。
风光白发云天色，
除却老夫谁是仙？

劝老友醒酒

劝君莫饮过头酒，
提取精神奋发时。
一旦春风吹上树，
花才有力点青枝。

乡村顽童

裸背赤胸流黑油，
上天入地似泥鳅。
若来风雨拉开闸，
水漫青山一溜头。

月精神

洒落银光皎洁中，
情柔世上寂苍穹。
难邀对饮三千载，
别去朝霞会晚风。

梦 成

成功路上望苍穹，
几度艰辛热火红。
夜里白天连锁梦，
雄心壮志必成功。

君子交

琼枝美叶亮高风，
蝶露蜂浆滴翠功。
相识君时成最爱，
酬情醇酒女儿红。

献　爱

倾盆昨夜雨三更，
风扫残枝道上横。
万物悲哀齐叩首，
阳光普照又峥嵘。

独　卧

三更窥视美娇娃，
厚厚乌云月影遮。
偏遇无眠空寂夜，
思情急盼梦中花。

忽 感

忍看同龄见祖先，
自知白发少根弦。
秋风引我西天看，
伏枥老夫尤感天。

海 燕

未雨先飞路不迷，
滚爬摔跌嘴衔泥。
迎风击浪潮中起，
少唱谦和调子低。

久别重逢

返家万里急匆匆，
怀拥娇娘劲未穷。
笑口常开心急跳，
几多激动几多疯。

悟

人生当午正风华，
一到黄昏隐落霞。
万贯家财须活用，
归天身配一堆沙。

农夫与贪官

日烤地球如火烧，
遥看草木半枯焦。
农夫挥汗田头舞，
府上贪官酒腿摇。

送　别

送行十里三年别，
人似江心激浪颠。
岸上花枝千滴泪，
风邀杨柳万丝牵。

咏　梅

超尘玉树是仙身，
月下依稀是美人。
雪屋藏娇惊世外，
谁家欢喜揭头巾？

思　春

花爆春心树绿头，
妙龄少女下高楼。
门前逗蝶争前问：
今与谁人共出游？

河畔趣事

三月艳阳高挂天，
桃花笑脸露人前。
河边一对鸳鸯鸟，
戏耍亲和逗水边。

诗人小游长兴岛得句

风清雨顺洗污尘，
树绿花红气色新。
鸟唱蛙鸣迎我意，
春来赞美写诗人。

春　恋

春来蛱蝶又相思，
绿水青山美影随。
独爱桃花柔似水，
蜜蜂笑我太情痴。

寒　春

何处狂风舞树杈？
乍晴乍雨乱云霞。
蜜蜂窜入深山里，
错把梨花当雪花。

春　歌

清泉涌动野田过，
百鸟争鸣荡满河。
挽起东风掀碧浪，
江山与我对春歌。

七旬老太

长生老矣雪飞扬，
道是仙风沾草香。
忽得垂头摇晃起，
可怜白发比肩长。

早年记事一则

窗前鸟唱日三竿，
院内桃枝滴露寒。
爹喂鸡鹅盆里食，
娘端小子碗中餐。

梦　妻

呜呼转瞬命升仙，
断似风筝线不牵。
梦里阴阳离咫尺，
飞魂常伴夜聊天。

酒　鬼

上世酒杯今世留，
朝霞喝到晚霞收。
三更吐到三竿日，
起死回生又续流。

前世姻缘

待在家中数十年，
只因誓约出生前。
黄莺几次来求索，
孔雀此心归杜鹃。

长寿梦

灵光一闪破天关，
不见凌霄誓不还。
玉帝密传长寿诀，
青山染绿水循环。

冤　魂

屈死冤魂告上空，
苍生何故弱如葱。
天官不理人间事，
才有阎罗判不公？

祭 花

沿路云遮愁满容，
泪珠打湿墓前松。
人花合一鲜如血，
拥入坟场意最浓。

布 鞋

两只破鞋拖到家，
爬山涉水渡金沙。
沧桑历尽三千里，
一路风声一路花。

雾霾戏谑

百姓频朝钱袋看，
老君专注炼仙丹。
如今遍地人吞雾，
世上谁当辑毒官？

再尝野萝卜

重返田头在故乡，
刀尖挑起土清香。
触闻忆起童年饿，
一口泥根一口霜。

岳母刺字

曾经祖国破如瓜，
散乱民心似散沙。
抗击外侵聆母训，
金针刺字退胡笳。

盗贼横行忆武松

武二当年降大虫，
冈前舞棒显威风。
时光转瞬千年后，
恶虎伤人出野丛。

大话警察

不让街头仓鼠溜，
张开火眼学西游。
长缨在手妖魔缚，
压制歪风不露头。

子母影石

私吞禁果到山巅，
仰拒天兵不返天。
玉帝追来无处躲，
亲情化石永成仙。

争 爱

嫦娥睁眼世间看，
我与吴刚抢得欢。
银色绣球抛到地，
蓝天少了月光寒。

移 居

另僻新乡别旧乡，
欲留还去几回肠。
百年老树初生草，
昨夜依依泪结霜。

梦　里

南柯昨夜见神仙，
美丽姑娘手里牵。
问去巫山多少路？
来回就在枕头边。

良　伴

绿衣护体水中浮，
曲雅天然俗不囚。
相识此生称莫逆，
时常窥视意相投。

玩牌智昏

埋首堆墙接手烟，
追星赶日不耕田。
轻推桌面频频倒，
敲醒鸡头砸破天。

竹林七贤

闯海游山飞野鸥，
千年隐迹竹林幽。
如今世上多才俊，
欲学高贤避俗流。

贫 娶

柴门虚掩旧檐斜，
莫道寒酸喜事差。
谁说贫穷难娶媳？
嫦娥不爱富人家。

盼 归

美味加温几度端，
心焦窗口引头看。
忽然听见房门响，
饿狗翻盆踢倒栏。

偶 趣

昨天夜里打开窗，
忽见墙头积水缸。
美丽嫦娥朝我笑，
飞眸对看影成双。

清晨报道街头新闻

前面男人素质差，
吐痰似箭射当街。
抬头又见翻栏女，
拉破花裙钩掉鞋。

冬　训

蜜蜂蛰伏练三冬，
踏定枯枝脚不松。
咬紧牙关酬壮志，
誓将热血映山峰。

只恋红尘不恋仙

闻知玉帝聘神仙，
一缕幽魂飞上天。
夜半冥思连夜返，
翻云覆雨蹈从前。

枕上风云

伏听东洋炮火声，
侧闻南海怒涛惊。
翻身一觉风云退，
仰面观天景色明。

怨　春

细雨轻轻拍到门，
春风不再令人尊。
寒潮挤进门窗里，
抖动身躯天降温。

送 行

滴泪蔷薇是至尊，
灰沙四面护离村。
枝头小鸟高声送，
家犬随行如子孙。

贫　居

穷酸居此房，劫雨更侵霜。
浩月睁天眼，寒风击土墙。
休嗤谁爱我，敢作凤求凰。
豁达艰辛过，翻身夜觅香。

改革开放四十年怀念邓小平总设计师

五千年古国，崛起地球村。
故事春天著，神州旧页翻。
和谐民意顺，改革小康奔。
擘画辉煌景，长铭载福恩。

游黄浦江放怀

江涛飞百里，涧谷隐源头。
迢递千湾转，奔腾一水流。
龙骄游盛世，岸阔峙琼楼。
横亘金桥下，频航出海舟。

偶　思

日出乌云散，辉煌照遍家。
钱多能摆阔，衣破怎奢华？
媳是贫中贵，夫从富里夸。
人勤迎盛世，建业事无邪。

长生歌

百岁无多几，人生梦一场。
珍馐常害胃，补药总穿肠。
怡养天年近，心宽福寿长。
红尘小逗客，命我两相忘！

春　梦

春来难醒梦，孤枕总生愁。
世上知音远，心头冷意收。
思情随晓日，信息锁寒楼。
忽觉佳人到，推窗月似钩。

恋乡情

缱绻人离岛，依依惜别愁。

白云萦绕意，绿水荡悠舟。

涉世前程远，回观往事浮。

啾啾三五鸟，嘱我把心留。

磐　石

相思无奈乱，心事锁尘烟。

任有乌云密，何妨风雨颠。

情依《秋夜月》，意会《鹊桥仙》。

铭记松间誓，爱如磐石坚。

重阳别友

秋风中话别，晨露里挥泉。
红日升空急，云帆逐浪颠。
藤将邻树系，心把友情牵。
几只南飞雁，停留潮水前。

人生咏叹

幼得青苗树，老来观旧枝。
有钱梳白发，无力返青丝。
砥砺磨刀石，酬勤聚宝池。
人生功与过，鉴定暮年时？

过　年

除夕无眠夜，烟花喜气扬。
邻村招女婿，隔壁嫁姑娘。
一顿团圆饭，三堂话语长。
儿孙欢聚里，欢畅酒飘香。

送好友

初观双眼湿，转背泪成沟。
手拂风云去，船随海水流。
山环三面阻，天各一方愁。
寂寞长江上，孤人恨独留。

修 炼

老来颇独痴，勤往泰山驰。
觅景构新意，进香寻梦思。
登山酬壮志，望远慕高枝。
博览波涛里，追求浪里知。

春 心

平畴铺绿毯，春雨润甘霖。
戏鸟鸣寒树，枯芦出嫩针。
江河流大海，美画绘精心。
吆喝鞭牛马，勤耕得万金。

为闲人画像

闲人无上进，万事不追求。
转有棋坪战，闲无朝夕忧。
清风中解闷，美酒里消愁。
若问将来事，逍遥混到头。

祭　友

孤坟埋故友，深夜咏经文。
月照枯山树，风吹满脸云。
松花前面摆，纸烛后头焚。
此树枝还嫩，何因断了筋？

逍遥一族

迎新先顺道，濯古必扶今。
草木蝗虫咬，森林黑虎侵。
曾思随浪去，又恐入流深。
暂作云中鹤，空怀爱国心。

醉　月

昨晚初生月，相邀伴酒痴。
薄云遮美女，神态展佳眉。
夜话朦胧语，人生清醒时。
温柔乡一刻，同话入新诗。

喜宴南北友人

高朋来满座，酩酊一相逢。
曲绕西山路，诗传东岳峰。
风香招客宴，水暖挽人踪。
留下深情谊，再来天不封。

慈　母

幼饮家乡水，方知故味甜。
白云浮古道，绿浪起心帘。
花草依磐石，青蛙蛮碧蒹。
母慈长引线，迎雪我衣添。

悲　雁

落鸟命堪凄，雄姿踏雪泥。
患难成绝配，相爱结夫妻。
闯海同甘苦，奋身当级梯。
愁天遮日影，泣泪对天啼。

孤　悲

寂寞原无奈，心疼独发痴。
抬头观日暗，垂首乱心思。
时往深山走，常随飞鸟驰。
寒烟笼愠色，苦泪滴秋枝。

学　担

抬头担起摇，初试少年骄。
迈步筋皮痛，弯腰汗雨浇。
路遥成铁脚，日久变钢腰。
老小家中担，两头肩上挑。

迟　春

报讯雷声晚，春风拂意诚。
晨前拉雨幕，午后转天晴。
已逐寒云密，还期草本荣。
扬帆红日里，到岸夕阳明。

王母娘娘的发

梳头掉一发，落地便成河。
上接瑶池水，下通东海波。
纵横观凤舞，起伏奏天歌。
博览人间世，包罗变化多。

咏 冬

秋短去匆匆，冬来瑟冷风。
天心藏嫩叶，地穴伏僵虫。
脱俗夸飞雪，超尘慕劲枫，
肃疏寒月白，冀望腊梅红。

重阳诗人聚会

设宴迎知友，秋风激浪波。
同俦茶酒会，佳话气氛和。
创作奇思阔，赋诗灵感多。
一方田地里，九日醉成歌。

行雁瞰语

长空畅意游，海阔逐波流。
北国初飘雪，南疆又落秋。
艰辛风有阻，奋勇雾当遒。
万里穿云过，红霞张翅收。

行 晓

晓起星辰尽，霞光洒院墙。
苍芦秋急荡，白鹭影高翔。
涉世先勤勉，为人须敢当。
经行回首过，旭日出东方。

过大别山孤村

面若寒风劈，荒村睹目中。
人闲门里脏，鸟懒树梢空。
海远千船发，粮稀一地穷。
年轻拼打去，留守叟携童。

送女儿高考

悯惜寒窗苦，攻书志最坚。
怜儿娇学子，知父慰心田。
待得春风到，迎来书桌前。
人生逢大考，圆梦在今天。

游　湖

湖光船荡漾，旖旎惬游心。
水晃荷花朵，风摇岸柳林，
佳人波上影，浅草眼前禽。
雁鸟湖心过，高呼浪上音。

岁逢六十六

酒饮重阳宴，无端忆野田。
人安宁百事，菊颂越千年。
益壮身当健，登高志欲坚。
渊明将复读，今日古风延。

注：有说重阳节赏菊即饮菊花酒，起源于晋陶渊明。其以隐居，赋诗、饮酒、爱菊名于世，后人尝效之，皆成习俗。

初煎油条记之自嘲

从来饭不烧，

即兴炸油条。

色味焦还苦，

妻尝笑脸娇。

寄毛忠平同学

思君明月夜，

警觉动秋雷。

忽感霜花冷，

眸前影自来。

忆当年农夫喝水

鸿雁高歌落，
芦花匝地颠。
田头沟脚水，
入口冒轻烟。

人多力大

比翼鸟腾空，
连藤树合崇。
人人接口气，
大地遍春风。

夜　雾

沾烟眉发湿，
看月柳梢残。
昨日伤心事，
梧桐滴泪寒。

黄　梅

节气循天道，
苍穹布皱纹。
银河掀恶浪，
霪雨一根筋。

霸 业

天地眉梢动，
风云眼底浮。
搬山前额叠，
捧海指间流。

野外作业

东曦未露光，
浩月已西藏。
莫说君头白，
沾身全是霜。

重阳得句

薄雾压山沟，
霜煎小草头。
流星回故地，
似箭射乡愁。

《千里送京娘》读后感

马上送京娘，
蹄尘千里扬。
此君真太守，
近玉不闻香。

穷人苦别

暂作今时别，
空杯无酒干。
飞来天外雪，
白水抗心寒。

柳岸听歌

江边柳织林，
鸟语逗春心。
绿浪情歌唱，
临风送好音。

风流韵事

月照西窗口，
相思心事藏。
孤楼谁解寂？
触摸野花香。

夜　游

长街气色新，
除我绝无人。
月色星光下，
观天一个神。

嘱　语

江河正戏春，

语嘱众鱼鳞。

莫学花猫子，

偷腥害死人。

相思鸟

梧桐孤鸟迹，

月下闪双眉。

注目东方路，

天天企盼谁？

新年香

杭州灵隐寺，
除夕晚钟声。
提醒头香客，
虔诚拜五更。

古　琴

婉拨古琴声，
相思飞出城。
焉知谁在唱？
夜半诉衷情。

高山流水

奇波天上降，
蓄势泻平滩。
夕照金光闪，
惊人一曲弹。

喜　兆

昨宵头发乱，
晓起木梳飞。
悦鸟枝头唤，
登门久客违。

问　官

金杯装白干，
借酒问贪官。
今夜飞来雪，
贵门寒不寒？

丰　功

春风栽福音，
一到绿成林。
感化隆冬雪，
调温天地心。

春　梦

昨夜眉梢湿，
今朝气色新。
因随春梦醒，
又见旧情人。

眼　睛

帘深日月圆，
入目大无边。
豆眼休言小，
能容一个天。

天　梦

凌霄有眼睛，
善恶已分明。
白日糊涂事，
三更梦里清。

蛤蟆戏天鹅

蛤蟆求出路，
跳跃欲登天。
忽见飞鹅近，
翻身扑向前。

蛤蟆登天

贫穷依梦尽，
富贵险中求。
敢吃天鹅肉，
蛤蟆天地游。

戎马人生—记钱国梁上将

风云岁月惊天梦，戎马生涯屡建功。
少壮出征当勇士，老休退舍作田翁。
沙场奋勇屠穷寇，山域点兵擒毒熊。
昂首江山称典范，投身革命是英雄。
纵观商海皆图利，独有将军未屈躬。
触摸伤痕热泪涌，缅怀烈士慕高风。
留将白发垂青史，记取丹心照碧空。
期盼东洋云水静，须防南海炮声隆。
摩拳擦掌锄瞄靶，拍案扬眉箭上弓。
热血奔流豪气在，出刀亮剑夕阳红。

小 草

江山披锦袍，原野涌波涛。
掌叶包天地，豆心围李桃。
暴风磨利剑，沃土铸尖刀。
六伏骄阳烤，三冬恶雪遭。
平凡无显贵，诚实不攀高。
雷动新甦醒，春来励志豪。

孝饼

邻乡乍过桥，街市闹如潮。
何处千层饼，寻街百店挑。
怀温胸口碎，手捧路途遥。
儿热衣衫浸，娘尝笑脸娇。
床前依偎起，报得九寒宵。

仙草咏叹

拂尘云里颠，出俗傍清泉。
颜色青红艳，精华气色鲜。
星云头上顶，泥水足根填。
蝶爱含羞草，鱼欢并蒂莲。
临风规有矩，见客礼躬肩。
起伏苍穹里，飘摇广袤边。
花香随鸟语，月静拨音弦。
天上风雷响，同吟仙草篇。

忆儿时往事

漫忆崇明岛，儿时记得全。
骄阳天火烤，热浪晚风颠。
倦鸟枝阴躲，懒牛河里牵。
荒田寻野菜，大树捣鸣蝉。
人取迷藏乐，诗寻阅读篇。
添柴灶火旺，写字烛灯燃。
足踩沙滩烫，身焦烈日煎。
屋檐掏鸟蛋，宅后捏泥船。
鼠窜危床睡，蚊叮破帐悬。
风寒知破壁，枕落数星天。
冷月当春月，单衣踏雪前。

下卷　咏物篇

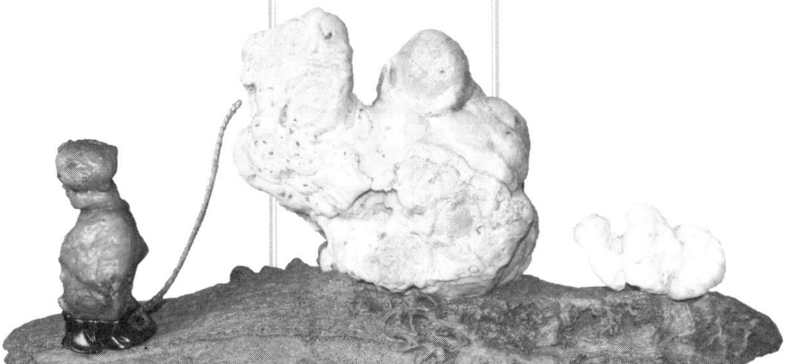

西河·庐山怀古

千载事，匡庐胜境谁记？而今有梦我流连，步随景致。白云插翅绕青山，人如悠幻飘起。

古人迹，多到此。探奇访险频醉。飞悬雪瀑溅声来，欲听语碎。放怀独向汉阳峰，苍茫遥望天际。

俗身总把五老比，羡青莲、巢隐超世，揽尽九江春意。叹寻常倦客风尘新洗，长忆名山仙踪里。

注：指庐山五老峰。从山麓仰望，五峰独立，雄伟陡峻，似五个老人并坐，山势不一，有如诗人咏哦，有似勇士高歌，有像渔翁垂钓，有同老僧盘坐。

风入松·武夷山九曲溪漂筏

武夷胜境荡心潮，茶醉大红袍。身随危筏时悬胆，掠深浅、险浪惊漂。两岸丹岩奇巘，群山入眼妖娆。

一溪九曲水迢迢，梦里任逍遥。豁然卅六峰环绕，顺流去、湾转千篙。不觉斜阳西坠，云行天柱峰腰。

水调歌头·足迹

迷惘踩洼地，蓄转望云空。幼苗根植瀛洲，江水育青葱。勤读田头耕种，浩劫十年受阻，举足浪千重。伫立对天问，何日作人雄。

勘地质，绘图景，转西东。披荆斩棘，抛家忘己岂求功。砥砺难关击破，身是沉浮掠影，四海任萍踪。涉遍江山路，豪气贯长虹。

苏幕遮·登鼓浪屿远眺

岛悬空，云接水。闽海波澜，壮阔惊天底。浩瀚雄风千古气。鸥舞残阳血色催人泪。

忆涛魂，铭旧事。光复台前，总把英名记。山顶功碑留绝世。三百年间，观景如观史。

小重山·凉夜思

昨夜凉风月不明。枕低难入梦、数钟声。披衣轻步出门行。空寂阒，草路几虫鸣。

寒气涌愁生。千重心事逼、诉谁听？纵将鸿翼搏前程。人有志，还待满天星。

水调歌头·岸边独步

荷叶露青脸，鱼动水生漪。翠杨满岸桃绿，掠过鸟徘徊，独步曾经几度，旧岸留连心绪，惹起梦依稀。才过树阴下，滴露湿身衣。

心气适，心声起，步移迟。瑶池空说，应求朝夕解愁时。唯有精神不老，何企灵丹妙药，自是得高医。淡定春光逝，潇洒觅芳菲。

浣溪沙·崇明德一股东集体游

众志同心友谊诚，群星荟萃月光清，寻常美意最温情。

对酒当歌仁义贵，以茶待友透心声，粮仓囤利晓东晴。

清平乐·船泊何处

小船颠驶，辗转归长水。数十年来拼意志，拨雾推波功遂。

任他奔涌横流，权当一梦优游。系缆匆匆日里，额纹几道深沟。

南歌子·芒种

韭菜风吹绿，番茄日照红。相邀燕子共经风，无奈斜阳落处已云封。

树木青枝盛，农夫干劲浓。少年汉子老年翁，挖土施肥摘果种田工。

江南春·春归

春意动，燕儿飞。江河鱼跃急，曦日洒金辉。韶华人影衣衫薄，披绿穿红逢紫薇。

长相思·绿洲

江水流，海水流。风雨颠簸一夜舟，何时见绿洲？

梦可酬，志可酬。鼓起风帆桨未收，再拼几个秋！

鹧鸪天·中华潮

壮阔波涛气势宏，浪花飞泻永流东。江河涤荡三千里，洗尽泥沙过险峰。

先煮酒，后称雄，超前胆略跨时空。卫星载月蓝天闯，航母巡洋占水宫。

醉蓬莱·旅游有纪

借秋风得力，正可携游，破云穿雾。惬意欢情，爱神州寰宇。碧色初黄，几番烟醉，是畅心无数。尽日无忧，寻踪访迹。任随闲步。

好个秋华，获收时节，未噤蝉鸣，燕飞莺舞。樽酒倾杯，有美人柔语，此次行程，夜息山寺，闹枕边饥鼠。纵是虚惊，通宵风趣，纪游如许。

清平乐·仙姿

春园景好，绿叶芳华早。陌上花邀骚客到，撷得风流多少？

仙姿疑是庄周，腾飞幻化枝头。恍觉怀中温玉，红霞满脸含羞。

谒金门·新芽

窗栏倚，望尽一池湖水。万绿扶疏风景美，湿云花草洗。

欢鸟摇头摆尾，逗我绕看桃李。纵使还寒身盖被，见阳光窃喜。

声声慢·倾泪

凄凄楚楚，泣泣抽抽，痴痴愤愤诉诉。猛地潮倾山裂，忽将魂虏。苍天有眼可证，怎奈何，世间无路。一鸟损，百禽悲，往后暖窝谁住?

泪洒黄泉孤苦，冥想里，凄凉味儿难阻。入夜时分，落枕冷风逐雨。雯儿痛心别母，众亲邻，献爱照护。暮地悟，恨一个生死定数。

采桑子·枯枝

路边失落寻孤影，面对西方。敢问阎王，地狱何时惩恶狼。

天涯踏破荒山寂，无处寻芳。又覆冰霜，满目枯枝捅断肠。

破阵子·刺伤

自爱窝边花草，不闻桃李清香。外面畅游三五地，自喻青蛙初出塘，不知大海洋。

满树青枝招展，蜂飞碧树前方。历尽世间风与雨，饮吸天然甜蜜浆，采花唇齿伤?

如梦令·天水

家苦少年无计，野菜时常填胃，怀志闯天涯。重担劲风挑起，天水，天水，涌我一汪财气。

虞美人·漫天游

今年布谷啼来早，忙碌知多少？春光宝贵洒山坡，习习东风吹奏进军歌。

春华铺饰人间美，雨露扶苗喜。谁家辛苦汗多流，换得秋收丰果压枝头。

南乡子·转机

春月抖寒肌，雨箭风刀裹紧衣。欲去还留情网里，由之，谁教痴心在此时。

何事又徘徊，满地黄花忽起悲。难得牡丹娇一朵，依依，天赐霞光见转机。

天仙子·雄鹰

大海潮中曾搏翅，敢迎风雨腾空起，当知闯荡倍艰辛。赢大利，塑新史，历练生涯成壮志。

定风波·孝子

老妇呻吟夜半颠，哀求乞助路中间。救命原知如救火，扶驮，飞毛腿举快如烟。

相救何曾图利好，知道？掏钱领药史无前。

照料床前当孝子。高义，菩提善德重千般。

太常引·晚月

行天明月泻秋波，照亮眼前河。
对影问嫦娥，鬓发白，谁能奈何？
清风跳跃，银光闪烁：流水绕山坡，
畅享美声歌，缓慢地，轻松渡过。

柳梢青·报恩

去岁花红，农夫采药，勇斗长虫。
腊月山头，僵蛇乞助，生火冰融。
今来正起东风，探究竟，搜寻旧踪。
忽见灵芝，依依骨上，曲敬弯躬。

生查子·紫葡萄

往岁采葡时，串串招人诱。
高挂赛珍珠，羡慕邻家有。
今日摘晶莹，出我勤劳手。
口啖蜜甜流，一品香醲酒。

归自谣·人生

高处立，不管雷鸣和雨袭，
雄心壮志全无敌。
穿云破雾迎红日，须求索，
鸟儿留影人留迹。

霜天晓角·搏翅

虎头牛尾，明净如春水，
磨练浑身筋骨，杨柳意、人如此。
任江河搏翅，观潮舒大志。
无论浪高风险，勇敢地、腾天起。

望江东·飞跃

桥底中流浪回去，只可惜，波涛拒。
有心委托水前雾，却又遇，高山阻。
重重叠叠情无数，我有梦，鲲鹏驭。
向天飞跃紫云路，隐私话，倾情诉。

玉蝴蝶·悲喜秋

山中风起秋凉，行客裹衣裳。
蚂蚁备冬粮，云间有雁翔。
枝头摇果子，空气透清香。
花草半枯黄，有谁愁夕阳？

生查子·揭摩

树叶作新茶，竽滥难充数。
放线钓江湖，贪婪灾汤煮。
世道几时清，自扫门前路。
众眼揭妖魔，难隐街头鼠。

临江仙·花蝶

盼到春归先展翅，正逢喜庆时光。风偏好事作媒娘，花枝舞动，扑鼻透清香。

证有仙姑新接纳？正肌肤贴新郎。青枝撑帐叶当床。软香温玉，依偎聚他乡。

阮郎归·为贪官作赋

肃疏回绿又当初，官场正复苏。
几经春梦醒来舒，出门美女扶。
家犬义，做官虚，贪婪更不如。
锦衣美食不看书，黄金装宝壶。

采桑子·春游

柔风遣引韶光使，演绎东方。
点缀西洋，化解严寒几度霜。
陆离园内游春客，各自喷香。
百里飘飏，累了穿枝蛱蝶忙。

卜算子·鹊桥

沪上路东西，飘线无牵处。
几度相逢几失缘，咫尺天涯阻。
此恨又绵绵，远望情门慕。
但愿阎王架鹊桥，下世补，生生度。

行香子·宁泰馨苑

无限风光，可纳城乡。凭栏立，思绪尤长。馨园景致，斗艳争芳。逐波流淌，亭边转，柳丝扬。

斜阳照处，耀眼秋装。葡萄架，果实金黄。投泥击水，鸟跃鱼慌。老翁挥剑，犹强劲，露锋芒。

清平乐·重上泰山

云随风起，比翼南天使。
露作征衣风作翅，独有豪情壮志。
攀登万丈危峰，山间树绿花红。
昨夜蓝天邀月，今朝揽日追空。

念奴娇·祖国颂

彩云环绕，衷心护日月，晴空游历。高处射来光与热，孕育万红千碧。水涌鱼欢，树摇鸟舞，人铸辉煌国。巡天航海，咏中华我挥笔。

一派道骨仙风，乘风破浪，去势飞鸿急。足踩南洋擒巨鳌，手托苍穹追日。赤县坤舆，岂容颠覆，淘尽污泥黑。东方神剑，纵横天下无敌。

点降唇·人鸟问答

掀起窗帘，静观树上啾啾叫，
问询鸣鸟，怎把清晨搅？
浩荡春风，更比君行早。
勤劳好，万千芳草，一夜开多少？

江南春·芳草

青滴滴，碧葱葱，魂归残雪尽，情织早春浓。朝阳娇嫩晴芳好，尤似春姑舒面容。

南歌子·崇明富千家

紫燕飞空唱，瀛龙入岛夸。翠枝青叶共繁华，百鸟争鸣无处不开花。

志气腾江海，勤劳蔚日霞。同心合力聚新沙，万业腾飞财满富千家。

南歌子·渔米之乡

小岛围江水，骄龙沐海霞。风行万里渡金沙，逐浪追波出海捉鱼虾。

物博勤儿女，田肥旷稻花。丰收日子坐豪车，富了乡村更帅务农娃。

清平乐·肚量

烦心难了，蚂肚针尖小。坐穴观天光线少，围岸贪求大岛。

由来世界炎凉，胸怀北海东洋。撼起天风浩气，温心可化冰霜。

潇湘神·悼骄杨

杨树风，杨树风，寒来暑往已灰蒙。撒手世间枝又折，缘何归去急匆匆？

浣溪沙·悲喜

二月春风雾气扬，三秋稻熟果新尝。蓝天难抵乱云伤。

锦绣江山谁作赋，歌声嘹亮我登场，在阳光处化冰霜。

深院月·草石恋

山里石，草偎依，世世生生裹紧衣。好一对痴情了得，劈雷击雨不分离。

少年游·美意

少年离别，飞蛾追尾，河岸舞芦花。今回乡里，轿车别墅，改变旧人家。

秋田美意参差起，铺展古寒沙。魅力金秋人心美，儿时妹，送香瓜。

自度曲·子夜吟

消沉筋脉阻，通宵悲泪泣。
驾风，驾风，急驾风。万里去追踪。
阴阳天地隔，阎王心似石。
放回，放回，速放回，往后梦中陪。

生查子·月缺

昔日过元宵，满桌家人聚。
集市闹花灯，欢乐银光处。
今岁又元宵，月亮乌云阻。
街口寂无人，只落纷纷雨。

忆余杭·观钓

幽静湖滨，缓缓涟漪船远近。
鳞波荡漾几回风，三五钓鱼翁。
噪声惊起谁人乐，荡水下纶众鱼袭。
可怜深水一时凶，食饵命归终。

虞美人·鲲鹏

鲲鹏自有遨天翅，无愧腾天志。浩然万里搏云长，大气胸怀观世恃雄强。

江山历尽风和雨，日月煎熬苦。南溟佳境似仙踪，自是千般凶险笑从容！

游黄山

独上黄山瞬跃天，陈郎梦里可知年？
苍松张臂当迎我，云海扬帆胜渡仙。
试胆游依鲫鱼背，清心腾坐碧空莲。
光明世界从心境，欲下翠微千险坚。

中国第一高楼上海中心

扶摇直上九重天，托起高楼沐紫烟。
万盏灯光云外耸，千秋梦影月边圆。
凌空提起虹霞笔，蘸水书成锦绣篇。
鸥鹭成群江汉跃，壮观比美鹊桥前。

我为天图加一笔

蓝天为纸山当笔，浩淼银河作墨壶。
先绘南疆涛上宝，再添北国雪中珠。
移来日月光明照，摘下云霞锦绣铺。
独缺东方台岛地，我挥妙手补华图。

春　色

玉帝传书雷击鼓，风神歌唱我和声。
江边燕子衔泥去，园内桃花把客迎。
风剪柳丝同蝶舞，烟飘山野伴牛耕。
前人栽得遮阳树，后者乘凉绿色城。

晨 景

阳光灿烂洒江湖，广阔天空似宝壶。
肚里金烟生宝玉，心中意愿化明珠。
黄莺啼树花相伴，红豆升空影不孤。
南北青山披锦色，东西高速彩云扶。

登 天

金光万道全身绕，放目青旻破雾行。
仙翅腾空寻落点，天梯悬挂架支成。
金霄殿上红灯灿，玉帝门前紫气迎。
我把嫦娥牵在手，银河两岸放风筝。

笔绘浦东

饱蘸云霞创巨篇，春风一拂浦江边。
曾邀世博千方客，又绘宏谋百国天。
金茂冲霄呈锦绣，明珠携月共婵娟。
中心海市楼林立，高速腾飞世领先。

江山潮

春江锦色喜人心，振臂欢呼绝古今。
四季松涛掀碧浪，九天霞色汇青林。
南山虎穴遭猴占，东海龙宫遇鳖侵。
老汉甘当冲击手，诗潮似剑壮华音。

买官族

洒钱可买官台座，光耀门庭财路通。

万树随风身转北，千花违意面朝东。

低头卑视荒凉草，仰面高攀富贵枫。

今日新桃开亮点，旧梅凋落不如葱。

暮　场

夕阳迷路外滩间，激浪奔腾歇浦前。

天外风云天外解，世间事物世间圆。

拼将热血当春水，撒把年轮作箭弦。

摔打老身筋与骨，激情奔涌再争先。

闷夏天变

缓步登楼观四野，畅胸裸臂汗流多。
小村岸柳垂枝叶，大院棚鹅入涧河。
别看树梢无动态，细观水里有轻波。
怜天约到风和雨，豁朗心情可放歌。

墙头草

得意春风邀贵客，墙头高处看人家。
嗟无灵鹤腾天志，却像飞鸥倚浪花。
喜敬新朋三碗酒，重温旧梦六神麻。
今朝既是仙枝到，明日华堂定结瓜。

春　变

节气延时说不通，飞花逆袭鸟栖穷。
春田锦色原来晚，腊月残云不见功。
万里苍穹无正气，千排碧树遇斜风。
人间若有长青药，定让江山万代红。

雨季初观美国五角大楼有感

初观迷雾薄烟收，眼里迷蒙五角楼。
宇宙和平云夹雪，人间美满事逢秋。
孤枝独舞寒空寂，劳燕飘零苦水流。
但愿天晴三万里，却来明月解忧愁。

禁咒语

恶语休言无碍事，灾星紧接眼前来。
斜阳掩没光明福，祈祷难求黑幕财。
曾忆爱心捐善款，又思助学惜怜才。
面前幻影贤妻在，对月窗前酒一杯。

新　生

搏击江河不系船，豪情壮志似从前。
已悲折翅孤飞蝶，方恋啼花独美鹃。
尝罢人中千种苦，耕耘海上一分田。
回眸浪迹风边草，又逐春光大好天。

中华情

九万里天人气旺，五千年史景观明。
南来浩荡春光展，北往雄浑气象迎。
洗涤江山呈锦绣，升腾世界盼和平。
东曦托起乾坤大，跃我中华热爱情！

中国梦

惊天一梦雄狮醒，崛起中华气宇张。
笑载神舟初揽月，威开航线又巡洋。
同心国度争强盛，举世民生奔小康。
谁敢智昏侵我国，东方神剑斩凶狼。

崇明东滩见丹顶鹤

群仙纷落我家乡，
顿见晴空雪片扬。
白羽如云丹顶动，
芦滩息翅待飞翔。

白 梅

枯枝衰草盼春雷，
铁骨瑶华一树开。
莫道严冬无好景，
苦寒绽出暗香来。

乡村巨变

浪迹曾经过野桥，
芦花夹岸半萧条。
而今几处霓虹影，
人马穿梭似涌潮。

论李白醉酒

斗酒谁能诗百篇？
梦魂怎可上峰巅？
明人不做糊涂事，
只羡天才不羡仙。

杜　甫

出世农家思路深，
盛唐弹唱好诗音。
齐名太白行天下，
研创新声历古今。

晨间笛声

长江东去太阳边，
美丽朝霞浮浪巅。
笛气横吹山托起，
清音激越绝空前。

长与宽

绿色青松不老枝，
草虫难过一冬时。
人生长寿由天定，
宽度谋求自把持。

戏 咏

思情梦里觉朦胧，
醉眼观时不觉空。
绝代仙姿惊凤约，
伊人倏忽拥怀中。

醉 春

放浪春风独醉今，
牡丹有约赏诗吟。
韶光催梦迷蝴蝶，
月白花明自任寻。

蚂 蚁

身似针尖心似天，
备荒掘洞在田边。
愚公深得移山诀，
曾拜蚂师当祖先。

烛月争辉

烛月黄昏两发光，
我当裁判正迷茫。
夜书课桌灯光灿，
舍己成人弱胜强。

曼谷游历

穿红过绿莫心贪，
美女如妖竟是男。
领略风情明佛意，
满城人海拜神龛。

萤火虫

仿佛仙姑夜散花，
漫山遍野闪光华。
奇观千百流星舞，
却似银河绣彩霞。

路　灯

夜照人间昼息工，
凭其暮鼓接晨钟。
飞车日夜天逾黑，
人造光明指九重。

心　美

光图外表不当粮，
丑若乌云隐太阳。
硬壳核桃麻子脸，
剖开亦觉内心香。

酒醉嫦娥

明月含羞躲树杈，
蟾宫难比世豪华。
深情畅饮吴刚酒，
醉在人间忘返家。

悲 秋

极目山崖地覆霜，
眉梢憔悴挂悲伤。
秋风脸上吹干过，
无奈新潮又接肠。

重下农田

少年离别退休归，
小鸟枝桠不识飞。
闲到田头锄草地，
村姑教我怎施肥。

春　忙

窗外青山云外天，
东方忙碌揭晨烟。
田头顿见人锄舞，
两岸柳条牛背牵。

抛　秧

草木知春爆绿芽，
红衣少女舞朝霞。
水田对影朱颜笑，
抛下青秧印上花。

负心蜂

嗡嗡诀别蜜蜂声，
忘了曾经结发情。
银色满园新觅有，
泪流隔壁老梅横。

南汇桃园见闻

耳旁白发皱纹遮，
孝子贤孙都抱娃。
五月桃开风景好，
搀扶两老看桃花。

报 春

西山落日晚霞云，
皓月光明照进村。
杨柳枝头新出叶，
报春消息燕登门。

残 景

两岸滩头雪似沙，
萧然寒树舞枯杈。
何人得罪西风客？
扫落庭前一树花。

开 春

隐隐风雷奏凯歌，
春来圣手点开河。
七天七夜冰霜雪，
溶入香江戏白鹅。

戒 语

赤裸人初无富穷，
婴儿学舌语言同。
追潮觅得鱼虾饱，
懒汉苦吞西北风。

游乐城

世外桃园飞蜜蜂，
穿梭美女走灯笼。
春情怦动身前过，
除却巫山人不疯。

小幽山

薄云轻雾遮明月，
夜半春风去踏青。
五指登山扶鸟树，
花间草洞伏蜻蜓。

光　阴

滚入长河起浪花，
与泥结和育新芽。
阴阳切换成朝夕，
一梦翻身老掉牙。

守　贤

不才无学访能人，
伯乐求贤引渡津。
数次登门庭院闭，
三更露下守星辰。

天山景

万丈青峰接彩霞，
千河流水润琼花。
兔头撞倒吴刚酒，
醉倒仙姑居此涯。

新桃换旧符

串串苗芽出土扬，
淙淙流水绕村凉。
春桃昨夜琼枝上，
抖落梅花笑一方。

龙凤呈祥

金郎玉女两相欢，
路上行人羡慕看。
隔岸观潮风不止，
同心牵手抗天寒。

梅雪斗艳

踏地寻梅意趣稠，
冰花两杰斗无休。
突来一阵风和雨，
雪色梅颜好兆头。

惜生涯

一张一合树开花，
贵在初春思爆芽。
若到深秋无硕果，
满山枯叶结泥沙。

鸡鸟问答

门外雄鸡出上联，
抚琴黑夜月无弦。
清晨小鸟枝头唱，
点火红霞日在天。

扫 雪

雪压荒山满地封，
风弯老树两头弓。
村姑扫起三春雪，
舞动红裙日出东。

酒 晕

驾雾腾云两眼盲，
朝天一跤倒沟旁。
寒风几次难扶起，
护体银光却是霜。

青松图

天生傲骨酷如龙，
雪箭穿心未动容。
传说仙翁曾到此，
有缘识宝喜相逢。

风　柳

月夜随风荡万条，
丝丝缕缕尽身摇。
纵然不敢雄姿托，
供向人间美意娇。

耕　牛

拂晓闻鸡三遍歌，
出窝小鸟扑飞蛾。
烟迷四野谁掀浪？
翻卷泥巴曲似波。

孝　房

走南闯北苦奔波，
上过高空下过河。
借得蟾宫慈母宿，
移来水殿足亲和。

渡　舟

雪片霜花沾上头，
风刀日剑额前游。
坦然生死当河岸，
来去轻松一渡舟。

看　枝

百事缠身赶到迟，
春风无奈逐梅枝。
人当守信天酬果，
切莫沽名空约时。

荷花伴

青灯佛座碧波浮，
根植污泥圣洁修。
鱼水之情浓似水，
知交莫逆几飞鸥。

河 柳

一行美女守流泉，
两岸青丝披在肩。
三月春风勤拂拭，
四游老者返童年。

院　中

外院雨缸当寝宫，
蓝天留影月朦胧。
相思无奈真牵手，
拨水投怀竟是空。

警　春

出尖拔萃最时髦，
乞丐翻身变富豪。
锦服加身须谨慎，
狂风一阵又徒劳。

春　风

前日阳光始雪干，
今朝百鸟逐林欢。
和风细雨回春暖，
两夜三天退九寒。

黄浦江大桥

飞虹横亘入苍穹，
跨越波涛两岸通。
惊起牛郎频动问：
银河可有造桥工？

采　花

时近清明去采茶，
淡妆小妹闪光华。
二三蝴蝶红裙转，
扑到香头采错花。

懒　虫

荒山野谷自称龙，
怒视苍天恨不公。
偶得高空金子雨，
一声大笑变成虫。

夜 担

带雾穿云落地行，
夜挑重担出迷城。
十年炼硬飞毛腿，
得意春风又一程。

窗前观天

扶窗远眺有乌烟，
污染青山绿水前。
锦色春江遮暗了，
何时再现艳阳天？

促　耕

春来燕子剪风行，
出土如闻芽有声。
莫失良机忙种地，
天犹料峭脱衣耕。

马羊接力年

春风得意梦神州，
除夕南山一梦游。
恭喜财神初一到，
即从马尾接羊头。

雁迷北国

翻越长堤数座山，
烟迷谷底几循环。
春风已绿江南岸，
北国三春雁未还？

垂 柳

缕缕丝丝千万条，
羞羞答答更柔娇。
东方拂起流云舞，
不俗青枝晃若飘。

冬 残

新年草树未生芽，
二月春风裹雪花。
迟到新桃开得晚，
蜜蜂恨死白无瑕。

春 潮

红日升温冰雪溶，
春风得力显神通。
星星点点苗芽里，
多少江山激荡中？

春 过

嗁血黄莺远近知，
隔帘怎可误天时？
春风早已摇红影，
错失良机莫悔迟。

登泰山

昂立山头面向西，
青峰万丈与肩齐。
蓝天若降三千尺，
日月星辰比我低。

围浊浪

一池混浪正心愁，
四面堤围将浊囚。
东海岂容污染水，
泥渣沉淀再同流。

燕　子

穿山过海沐风沙，
张嘴衔泥挂树杈。
剪辑春光抛大地，
盛开万里草头花。

暮色周庄

迈步庄园落日斜，
林中小径有人家。
炊烟几股弯弯绕，
小鸟惊飞乱入杈。

中秋游江

我随明月浪中浮，
眼望船台艳照留。
投饼波涛生感应，
远方肯定有人收。

换　花

白雪无多地气寒，
晨宵苦守怕孤单。
已知扫荡梅花去，
有意春风换牡丹。

推云望月

微风轻试拨山弦，
细雨常敲润野田。
幕后休言藏黑手，
起帘推亮一方天。

小 葱

自出家门披雾浓，
江湖独闯路无封。
豪情万丈农田里，
意志无输天地松。

黄杨树

草原宽阔扎根深，
无惧风沙抗外侵。
勇上高空争第一，
登山俯看阔胸襟。

良学诀

投身大海浪头狂，
与犬相邻凶似狼。
世态亲疏分善恶，
田头交友满粮仓。

瑶族老妇长发

长发盘成斗大圆，
洒开如伞黑云颠。
晨喷一沐精油露，
总在青丝溜半天。

庄稼人的汗水

变成紫雾绕青烟，
化作甘泉成草仙。
升到空中成雨点，
邀来大地沃农田。

春风的足迹

田间拂动乐开牙，
换上青装伴彩霞。
惯在江河听水唱，
青山剪彩戴鲜花。

春　山

戴上花环披绣装，
村姑有意嫁山郎。
同心抗得风和雨，
共化严冬雪与霜。

清　明

樱花魂魄影归西，
燕子衔来筑墓泥。
闻讯蜜蜂枝上泪，
阴阳似隔一条溪。

万象喜春

红色鲜花开满时，

万千飞鸟唱高枝。

欢天喜地挥锄舞，

浪激鱼欢水上驰。

育　春

天令云雷先出声，

阳光雨露促新生。

鱼欢鸟逐青苗壮，

习习春风吹进城。

探　花

隔岸青山云雾遮，
踏波惬意探桃花。
晃然簇簇西山上，
绿叶枝头生彩霞。

鸟　信

嘘寒问暖报和谐，
揖柳催花作信差。
飞至桥头行九九，
只差一步到天涯。

雄鹰捉黄雀

正是青藤绽满花，
螳螂黄雀暗偷瓜。
雄鹰怒视三声吼，
宵小仓皇撤树杈。

缠满百年

相逢陌路两心牵，
情似山中草石连。
谁若先行离九七，
奈何桥上等三年。

雾中扬威

莫因大业待时机，
红日升腾策马飞，
吹气如风迷雾破，
天寒地冻裹单衣。

黑白边体石

黑白皮肤边体生，
为何模样令人惊。
天梁不正山梁曲，
莫怪江湖水不清。

纠偏

江湖涤荡沥余渣，
纠正青山道不斜。
善恶轮回风气正，
改良社会放光华。

旭日

东方红日揭霞天，
缕缕相思续上弦。
一颗红心粘上我，
风情万种到人前。

家乡春景

昨夜春风一树花，
凌晨淡月正西斜。
东方旭日成新趣，
小鸟枝头迎彩霞。

偶　思

抢先理念古今同，
抓住良机勤上工。
遣得春风勤发力，
天平必定两头公。

洗江山

四面青山雨刷新，
飞车百里绝无尘。
江河沉淀余渣后，
净化人间四季春。

游 河

美丽海潮看客多，
春风迎送乐山坡。
天然颜料长堤染，
一路疯颠一路歌。

鞭　空

日暖风和树爆花，
田头吆喝牧羊娃。
扬鞭飞越三千里，
顿觉云开七色霞。

大山心语

旷纳春风通雨滋，
无边大爱对谁施？
山中涌动还温水，
恩报人间正适时。

浪树回表

霜风雪雨消磨瘦，
整日沉迷梦不回。
春唤惺忪休懒骨，
雨敲浪树点成材。

春　阴

云集高空引水流，
青鱼上岸野田游。
银河底破人间溺，
岂若阴寒百姓愁？

雄　鸡

凌晨恰似报时钟，
豆眼如灯亮夜空。
一展嗓门啼破夜，
江山唤醒满天红。

为杨修提示

活在门中心里藏，
口吞鸡肋别清肠。
请君莫揭瓶头盖，
难得糊涂寿命长。

无果松

抢肥占地气凌空，
世慕长青不老翁。
绿色身材无实用，
不生果子也称雄。

游杭州灵隐寺

禅门沧海月，钟鼓浙江潮。
鹫岭飞峰见，松风古木嚣。
山藏千古寺，佛颂九重霄。
路倦尘埃重，心香一炷烧。

（忽觉三千世界归于此境，庄严净土，应悟瞬间，诗情禅意，真实不虚）

报　春

东风初唤雨，草木始萌芽。
送得梅花落，飞来燕子斜。
相思寒意退，回首美容遮。
浩荡春潮动，人心共绽花。

约 春

每与春天约，相逢雪化迟。
风柔鱼戏水，花美蝶穿枝。
大地新苗长，平川骏马驰。
乾坤多好雨，润物正佳时。

勤 种

春雷初爆响，雪靥压青葱。
起卧晨昏黑，奔忙日月红。
犁锄翻宝地，花树舞春风。
恒久田头事，辛勤地不空。

风雨舟上

一逐三千里，途行逆水船
风倾河岸树，雨击浪头烟。
雁鸟开航道，云雷动巨川。
沿途排险阻，直达彩霞前。

鸟巢夜视

举目对家乡，云来月影藏。
林间烟露湿，风里草花香。
天幕千星亮，山屏五谷扬。
光明驱黑夜，风大助飞翔。

夜半诗声

孤灯观冷月，夜黑惹相思。
富裕勤求得，艰辛挥洒时。
朦胧灵感到，幻觉笔尖驰。
难得知音女，高声咏我诗。

落　叶

孤园绿里围，夕照泻余辉。
鸟别枝头返，罡风海上威。
霜侵芦叶坠，水击海鸥飞。
铺得黄金路，飘零落地归。

一颗风中树

一阵凄风雨，人间草本弓。
残花铺路基，破叶作披风。
照面人无迹，寻枝鸟别宫。
谁当来救世，自力复青葱。

假日农田即事

国庆返家乡，驱车百里长。
青黄苹果熟，红白菊花香。
挥臂镰刀快，挑肩扁担忙。
田头寻食鸟，投石赶离场。

择 花

虔诚三顾园，直到桂林前。
月老牵情线，伯牙弹好弦。
少游投破月，小妹敞开天。
娇美花中择，丰姿世外仙。

笨鸟先飞

笨鸟总先行，寻机即启程。
载风腾翼翅，劈雨转新晴。
白发悲无富，青丝恨不成。
才高须有德，志大必能赢。

雨后观山

雨洗青峰后，清凉世界鲜。
谷深飞瀑急，车速绕山颠。
守猎张罗网，砍柴挑铁肩。
凌空崖壁晃，我若荡秋千。

黄山暮色

不知山上路，问讯到云峰。
落日迷稀客，西天听暮钟。
星空人影少，找宿夜餐浓。
酒话光明顶，梦牵迎客松。

责 仙

枝头烈日前，绿叶冒焦烟。
火烫巫山谷。风熏稻菽田，
清晨如火织，傍晚似锅煎。
玉帝抽长剑，挥云责雨仙。

雨后新景

雷公挥宝剑，万里裂长空。
泼夜三更雨，观晨千处红。
风清灰不染，树洁色增葱。
若要江山净，云间急水冲。

迎 新

瑟缩三冬尽，新芽欲爆杈。

又飘连夜雪，再入众人家。

树上无归鸟，枝头不见花。

春风今又起，一扫旧尘渣。

游 湖

惬意游湖去，春情逗客衣。

竹林新亮节，风浪再生威。

天上蓝如绿，水中红似辉。

鲜花依碧树，观景是良机。

暮 业

浪兼风日逼，业绩未平庸。
撒网朝霞出，收竿夜幕封。
几枝藤绕树，一柱石盘龙。
若论功和失，西天问暮钟。

隐 梅

影俏天南角，虬枝作志龙。
风刀先探路，根蒂总经冬。
傲世天何妒，凌寒雪有封。
此身还健骨，谁说不如松？

落秋叶

奋勇追黄叶，沿途已数关。
年轮眉上扩，霜雪耳边攀。
彼岸无多远，过河顷刻还。
人生三万里，只是一循环。

枫　叶

早起离房去，迎来刺骨风。
鸡鸣清露湿，日出暮烟通。
历练霜粘树，逍遥鸟戏虫。
残秋中浴血，硕果里腾空。

春　事

骀荡春风起，乡河水碧清。

梅魂归落影，草色任催莺。

万树寒枝醒，群蛙匝地鸣。

金樽天上降，美酒促春耕。

春　歌

残梅才隐去，万类起春歌。

醒梦经寒倍，交谈道苦多。

香浓桃靥醉，风懒水光磨。

释放新元气，兆秋粮满箩。

夏　至

总是嫌春短，熏风照往常。
天难人意合，日苦夜愁长。
夏至皆防暑，秋分未转凉。
蚊虫频肆扰，戴帽顶娇阳。

鱼形绿松石

美哉真绿宝，更绝烁金光。
怕是天间物，偏穿地上装。
有余人致富，务实国求强。
华诞群英会，诗人赋吉祥。

注：余（鱼）、实（石）。

河岸闲步观春柳

摇曳春心动，
青丝理万千。
风扶柔水意，
醉煞柳腰前。

春燕何处栖

燕语传春信，
今无老屋栖。
嘴忙无怨气，
唾沫拌稀泥。

寄毛忠平同学

思君明月夜，
警觉动秋雷。
忽感霜花冷，
眸前影自来。

春游佘山观梅

佘山一朵梅，
倚雪斗春雷。
无视年时逼，
风残不肯栽

破屋有栖

嫦娥天眼望，
夜半探情郎。
疑是东天晓，
窗前铺满霜。

农家小景

渔鹰忙野水，
夕照牧羊归。
稻谷田头熟，
收镰汗湿衣。

秋　思

秋夜月来迟，
透云情更痴。
蔷薇千滴泪，
恨叶不留枝。

抢　收

山树鸟无踪，
农门铁锁封。
田头风雨急，
尽在抢收丰。

枯山待春

千山白雪封，
万谷兽林空。
一碗清汤水，
加温又洒葱。

煤　炉

清晨日出东，
村妇扇炉风。
火旺高三尺，
竞争朝旭红。

初　晴

雨霁太阳红，

清风拂翠容。

江河虽混沌，

草木更葱茏。

头尾煎

燃柴沸米颠，

锅底冒燻烟。

植土同风雨，

收镰身首煎。

天　恶

天道迷魂阵，
高空缺气氛。
银河潮水猛，
风雨雾纷纷。

夕阳映山

剥茧破云前，
余晖耀世先。
夕阳烽火里，
热血染红天。

释 路

道比青河阔，

霞和丽日长。

行途身影正，

一步一金光。

晨 露

旭日照垂珠，

晶莹滴宝壶。

晨风吹到地，

又去混江湖。

风　筝

升空千丈线，
入地手中牵。
一动飞毛腿，
风云力挽天。

沧　海

捕鱼南海水，
狂揽太平洋。
莫论潮中险，
难言勇与强。

移　梅

原在故乡开，
移身伴我栽。
明年风雨后，
异地暗香来。

守　信

潮来潮又去，
守信必遵时。
抱柱身先死，
故人痴不痴？

悲 天

众鸟同声泣，
孤云独自凉。
西山风雨急，
断一百心伤。

归 月

今夜雨停迟，
通宵梦不离。
苍天关不住，
皓月破云时。

长 鼻

喇叭三寸张，
音符九天长。
月上银宫里，
飘来粉黛香。

耕 牛

辛勤日月迎，
何自有矜鸣？
稼穑粮仓满，
田畴默默耕！

晚　霞

风吹红叶舞，

日落鸟回飞。

莫怨残阳晚，

余光尽热辉。

问路谣

父母手牵孩子走，
问声书店何处有？
此去东行百米时，
路口南转在街右。
人方举步无谢言，
忽听童语已出口。
多谢爷爷路指明，
老叟含笑三挥手。

古　绝

别离三十载，
六秩又重逢。
一见惊双眼，
却似老顽童。

渔　夫

行舟赶夜人，
竹篙水中搅，
惊梦海龙王，
献上满舱宝。

有 悟

黄泥垒土方，
生死有间房。
蔷薇花一朵，
何争百日长？

实践出真知

未在水中颠，
不识浪滔天。
不吃螃蟹肉，
怎知河中鲜？

交 换

春出三分力，

秋收七股息。

世上忙碌人，

为取几勺食。

除 恶

恶鲨闹东海，

吸血又掀风。

我举虞妃剑，

他拉霸王弓。

农　耕

挥去寒空雨，
肥施禾下土。
顿顿饱餐中，
汗珠碗里数。

鹅

昨夜梦银河，
依稀见嫦娥。
为何不戏水？
怕是呆头鹅。

情约黄昏后

相思约桂树，
真情肩上吐。
鸟息到鸡鸣，
清晨难迈步。

数星空

月亮全身裸，
是谁粘上我？
每夜数星空，
总是少一颗。

后记

我总算整理好了一叠诗稿，有请著名作家赵丽宏老师过目，竟得到他的充分肯定，并建议我交于出版社编辑。我欣喜若狂，马上俯首应允。

这本诗词集定名《韵海弄潮》，共收集整理了我三年多来400首诗词。它是继《探海集》《品石吟风》之后的又一部旧体诗词新作。《韵海弄潮》的出版，对一个历尽沧桑的事业人来说是不容易的，这里的每一首诗词不仅是自己发自内心的声音，更凝聚着自己浪迹生涯时所尝过的甜酸苦辣。有道是“精诚所至，金石为开”，经过长年累月的努力，坚持不懈的创作，我终于把这些文字组合在一起，它闪耀着我生命中的火花，犹如时代的鼓点，震荡在祖国的东南西北中，它助我登山追潮，聚集精华，畅抒情怀，扩展视野。

我是一个对事业无比执著的人，永争第一就是我的指导思想。特别是对祖国传统文化的热爱，对格律诗词的钟情，可以说到了如痴如醉的地步。我在创作诗词期间，还伴随着对奇岩异石的收藏和兴趣，突发奇想地把诗词文化和赏石文化糅合在一起，成为品石赋诗系列化第一人，被一些媒体称为企业、诗词、收藏“三大家”。为此，我给自己立了一个“有事业而不俗、有文化而不呆”的座右铭。

《韵海弄潮》中所有诗词，几乎都是我退休后创作的，其内容都是我亲身经历过的风雨山水、奇岩异石，春夏秋冬、往事回忆，世态人情、理想追求，事业成败和夕照余辉等。传统诗词应与其他文化艺术一样，你喜欢是一回事，但要变成自己的作品则又是另一回事。因此，我历来把传统诗词像母亲对待自己的孩子一样精心培育。诗词创作不仅丰富了我的业余生活，也极大地提高了我的人生品位和思想境界。在繁忙的工作环境中，我对传统文化的喜欢和追求，已几乎占去了我所有的空余时间，真正做到了诗不离口，笔不离手，眼不离景。朦胧中一旦有了灵感，我会立刻放下手头的工作，甚至在半夜里跳起来惊醒枕边人也在所不惜，把梦里构成的诗词一字一句记录下来。有时连我自己也不相信，睡梦中的句子居然十分精彩，整首诗词有头有尾，甚至连平仄押韵也正确无误。我已记不清有多少次，常常为自己写下一首符合时代节拍的好诗而欣慰不已，拍案叫绝。

我认为，事业与文化是不可分割的，事业能够丰富文化，文化可以促进事业，两者之间的紧密联系才使人生更精彩。当然，要写出一首好诗实属不易，必须熟悉传统诗词的特性，摸清传统诗词的筋脉，吸收其他诗人的精髓，否则就不能创作出令人赏心悦目的诗词。人贵于自知自明，对于自己的作品，要有自知自明，要学习和自鉴、学习自鉴的目的在于弥补诗词中的不足，在于随心运用遣词造句的能力，在于灵活掌握起承转合的规律，熟练地完善创作思路和提升意境的空间。

传统诗词是我国几千年的古典文化，必

须要继续传承发扬，不应该被今人遗忘或抛弃，但创作的路必须紧跟时代的步伐，手法必须吐故纳新，适用于当前的形势和潮流，不可以沿用古人早已写过的陈词滥调，不可以用老一套的东西生搬硬套，更不可以用那些艰涩难懂的文字组成铜墙铁壁，让人看不懂摸不透。创作的目的在于欣赏，不是专门提供那些文学教授或大文豪搞研究的，而是面对社会上广大诗词爱好者和青少年朋友，大家不会翻着字典来查找核实诗词中的冷僻文字，更不可能静下心来仔细研究繁琐的词意句式，所以我为什么一边坚持用格律诗词的规矩韵音创作，一边又将选择现代人通俗易懂的措词造句方式，这样既保持了古体诗词的原有风格，又读来让人清楚明了，就像肥沃的土壤里撒下了种子，一遇春风就会生根发芽一样，迸发出强大的生命力。综上所述,我的诗词和观点还不算成熟，恳请大家指点迷津，并能谅解!

本诗词集的序言，有幸得到了我国著名作家赵丽宏老师的俯允撰写，在此唯有表示衷心的感谢。同我还对所有支持和帮助过我的各位老师及朋友们也一并谢过。

陈洪法于己亥春月

图书在版编目（CIP）数据

韵海弄潮：陈洪法诗词集 / 陈洪法著.
—上海：上海三联书店，2019.11
ISBN 978-7-5426-6808-0

Ⅰ.①韵… Ⅱ.①陈… Ⅲ.①诗词—作品集—中国—当代 Ⅳ.①I227

中国版本图书馆CIP数据核字（2019）第225370号

韵海弄潮
——陈洪法诗词集

著　　者　陈洪法

责任编辑　钱震华
特约编辑　陈莉婷　陈桂英
装帧设计　陈益平

出版发行　上海三联书店
（200030）中国上海市漕溪北路331号
印　　刷　上海昌鑫龙印务有限公司

版　　次　2019年11月第1版
印　　次　2019年11月第1次印刷
开　　本　850 × 1168　1/32
字　　数　150千字
印　　张　8.25
书　　号　ISBN 978-7-5426-6808-0 / I · 1552
定　　价　48.00元